Ich war klein,
dann wuchs ich und war größer

TOBIAS PREMPER

ICH WAR KLEIN,

DANN WUCHS ICH UND WAR GRÖSSER

STEIDL

»Ich besaß einmal einen Hund, der so lange herumstreunte, dass er vergessen hatte, wie er hieß. Er gehorchte nicht, als ich ihn rief. Als ich bellte, kam er zwar zu mir, doch er erkannte mich nicht. Ich bin ein bisschen so wie dieser Hund.«

Halldór Laxness, *Am Gletscher*

DIE MINIATUR

Ich bin ein charmant-lächerlicher Mensch. Ich nehme Gedanken von Ameisen, nehme Märchen, Anekdoten, Fischgrätenfett, Fensterputzmittel und was mir sonst noch in die Finger kommt, spalte alles auseinander und setze es in raffinierten Rhythmen, harmonischer Schrägheit und mit phantasievollem Humor wieder zusammen zu einer literarischen Miniatur. Naturgemäß muss das Ergebnis frischer sein als alles, dessen Zeit abgelaufen ist.

Meine Miniaturen sind Nachtigallen, in deren Gesängen das Rattern und Donnern der Straßenbahn erstickt.

Meine Miniaturen sind Blitze, die den Nebel einer verhangenen Welt zerreißen und einen blauen Himmel mit einem goldenen Gestirn darin freilegen, das alles darunter leicht und schön erscheinen lässt (selbst mich, eine unprätentiöse, kummervolle, aber wirkliche Gestalt).

Doch Vorsicht: Einige meiner Miniaturen sind bissig und können den Leser, also Sie, mit tiefer Einsamkeit infizieren oder einer gewissen Hässlichkeit (einer besonderen Art von Schönheit) bekannt machen.

Letztlich sind meine (im Übrigen antikapitalistischen) Miniaturen nichts weiter als pure Magie, die dem zeitgenössischen Leben mit seinem glattrasierten, freundlichen Dauergrinsen abhandengekommen ist.

Und nicht vergessen, sehr geehrte Damen und Herren: Meine Miniaturen sind gut für die Figur, sie werden von nichts weiter getragen als ihrem literarischen Knochen, ohne Sauce oder Sahne. Adieu.

FAMILIE

Mein Vater fiel der Pest zum Opfer. Besser: seiner Angst vor allem. Es begann mit der Haut. Zuerst juckte sie nur, dann entzündete sie sich und fiel schließlich vom Körper ab. Wie die Fingernägel und Fußnägel auch. Und Haare hatte er auch bald keine mehr. Meinem Bruder ging's genau so. Aber er starb nicht dran, weil er jünger war. Und meine Mutter wurde von einem lauten Knall blind. Seltsam an dem plötzlichen Verlust ihres Augenlichts war auch, dass außer ihr niemand den Knall gehört hatte. Irgendwann starb mein Bruder trotzdem. Aber nicht an der Pest, er war einfach alt geworden. Und auch meine Mutter starb: Eines Nachmittags fing sie an zu singen wie ein Fink, ihre Ohren wackelten hin und her, und dann wuchs ein Anker aus ihrem linken Bein und zog sie hinab ins Grab. Und ich? Blieb allein zurück.

ETWAS BESSERES ALS DEN TOD FINDEST DU ÜBERALL

Auf dem Esel stand der Hund, auf dem Hund stand die Katze und auf der Katze der Hirsch, von einem Auto angefahren, blutend und röchelnd, wild den Kopf mit dem Geweih schwingend, und darüber flatterte der Hahn um sein Leben.

DER GEHEIME RAUM

Der geheimnisvolle Mann ist bis auf die Hose angezogen.
Die neugierige Frau ist bis auf die Bluse angezogen.

»Was versteckst du im geheimen Raum?«, fragt sie.

»Das ist geheim.«

»Da schreibst du doch, oder?«

»Geheim bleibt geheim.«

»Was ist es, dass du nicht willst, das ich sehe?«

Er grinst wie ein kleiner Junge.

»Weißt du, du siehst süß aus, wenn du lächelst«, sagt sie.

Das war sein größtes Geheimnis.

FRAU, HUND, KÄSELADEN

Lief eine junge Frau mit Tuch über den blondgefärbten Haaren aufgeregt vorm Käseladen hin und her, pfiff und rief nach einem Hund. »Hierher, komm, komm, hierher!« Kam aber kein Hund und war auch nirgends einer zu sehen. Kam stattdessen ein junger Mann vorbei. »Ach, entschuldigen Sie, können Sie mir den Hund einfangen?«, fragte die Frau. »Aber gerne«, sagte der Mann, »wo ist er denn?« »Na, er läuft hier irgendwo herum.« Suchten die Frau und der Mann rufend und pfeifend nach dem Hund. Kam noch ein anderer Mann vorbei, wollte helfen, wurde aber von dem ersten Mann weggescheucht. »Hopp, hopp, verzieh dich, ich war zuerst da!«, fauchte er ihn an. Suchten sie weiter, fanden aber keinen Hund. »Wie heißt er denn?«, fragte der Mann. »Woher soll ich das wissen, er gehört mir ja nicht«, antwortete die Frau und lachte. Riefen und pfiffen sie noch eine Weile. Stieg die Frau dann irgendwann in ein Taxi und fuhr davon.

SONNTAGMORGEN

Leicht mit jemandem sein, geht nur im Sommer. Und wenn sich die Erde einmal um sich selbst, einmal um die Sonne und einmal um den Mond gedreht hat, ist wieder Stille eingekehrt; ein ruhiges Meer nach einem Sturm an einem Sonntagmorgen, das ein Schiff mitsamt seiner Besatzung verschlungen hat.

»Pack nicht zu viel ein«, rief sie aus dem Wohnzimmer, »sonst kannst du meinen ganzen Kram nicht tragen.«

Ich legte Badehose, Strandtuch, Kulturbeutel und Unterwäsche in den Koffer, an den Seiten brachte ich noch Schlappen und zwei Bücher unter.

Im Radio kam die Meldung, dass der Papst entführt worden sei.

»Hast du das gehört?«, rief ich, bekam aber keine Antwort.

Im Wohnzimmer war sie nicht, auch nicht in der Küche, im Bad oder einem der anderen Zimmer. Erst da bemerkte ich, dass ich alleine war.

DIE ARISTOKRATEN

Meinen die mich? Kann doch nicht sein. Sehen aus wie vom Dorf und schreiten hier durch die Fußgängerzone, als wären sie was Besseres. Eins, zwei, drei, alle vier. Übergewichtiger Vater, dicke Tochter, fetter Sohn und die undefinierbare Masse schwabbelt hinterher. Kommen direkt auf mich zu. Ich bleib mal stehen. Aha, gehen doch an mir vorbei. Gut so. Bleiben an der Mülltonne stehen, gucken rein, fassen rein, jetzt kopfüber der Erste, die Zweite, der Dritte rein und das Wabbelige bleibt stecken. Kommt einer mit Hut und haut oben drauf, ist auch der letzte Rest verschwunden. Der mit Hut beginnt ein Liedchen zu pfeifen und mischt sich unters Volk.

Eine Windböe. Noch eine. Plötzlich beginnen die Blätter von den Bäumen zu fallen, eines nach dem anderen, zu Hunderten, zu Tausenden. Ein Mann geht vom Pfad in den Wald hinein. Er hebt ein Blatt auf, noch eins und noch eins, aber hinter ihm hat das herabfallende Laub seine Spur bereits wieder gänzlich verdeckt. Ein Bein vor das andere setzend geht er jetzt knöcheltief durch den Schnee, und einige Schritte weiter knacken unter seinem Fuß kleine, freiliegende Zweige. In der Kühle eines schwülen Sommerabends schließt er seine Augen und lauscht dem Ruf des Kuckucks, der sein Herz weitet.

SWEET TALK

Sonntagnachmittag irgendwo am Stadtrand. Sie standen gegen die Motorhaube seines Autos gelehnt. Beide tranken Kaffee mit viel Zucker, sie aß ein Stück Erdbeertorte, er einen Donut. Sie sprachen kein einziges Wort.

WOCHENENDE

Mal fliegende Penisse, reparier den Pferdezaun und lach im Schlaf!

DAS PARADIES

Flieg nach Hawaii, setz dich unter eine Palme und lass dich von einem wilden Tier auffressen!

DIE TOTALE EMPATHIE

Ich wollte die ganze Welt umarmen, weiß auch nicht, warum, einfach so. Angefangen hatte das mit einer Gruppe Obdachloser, die ohne Winterjacken durch die Kälte schlurften. Dann sah ich ein humpelndes Großmütterchen, einen Vater, der seinen Sohn huckepack nahm, und ein blondes Mädchen, das rote Strumpfhosen trug. Ein Stück die Straße runter lag ein Schaschlikspieß, an dem noch Fleischfetzen klebten, auf dem Asphalt. Den hätte ich am liebsten auch umarmt.

WAHRE GESCHICHTE

Da stand ein bärtiger Mann mit hässlich vernarbtem Gesicht an der Bar. Daneben stellte ich mir ein Wesen vor, dessen Schönheit den Anblick dieses Mannes ausgleichen würde. Ich setzte mich zwei Plätze weiter an den Tresen und sah eine Frau, die alles Weibliche in sich vereinte, deren trockener Humor dem Biss einer schwarzen Mamba Konkurrenz gemacht hätte und die ich lieben würde in horizontalen, vertikalen und aussichtslosen Lagen. Dann wagte ich sie anzuschauen, aber nur kurz.

Das ist die wahre Geschichte, wie ich deine Mutter kennengelernt und mich in sie verliebt habe, mein Kleiner.

SCHWINGEN

Roland stand vor Kowalewskis Zeitungsladen, trank einen wirklich exzellenten Espresso und las im Vermischten einen Artikel über zwei Jungs. Sie waren nachts über den Zaun in ein baufälliges Schwimmbad eingedrungen, auf den Zehnmeterturm geklettert und ins fünf Meter tiefe Becken gesprungen. Allerdings hatte sich darin kein Wasser befunden, und beide waren beim Aufprall auf dem Grund gestorben.

Roland faltete die Zeitung zusammen und legte sie neben die leere Tasse auf den Sims des großen Ladenfensters. Er und Kowalewski nickten sich zu, und Roland kamen die Tränen. Seine Liebe hatte Schwingen und schwebte über der ganzen Welt.

SONST NICHTS

Kraul deiner Frau den Nacken, flüster ihr was Gutes ins Ohr und dann knete ihr die Füße und den Hintern!

LASS UNS

Komm wir fahren ans –
Und dann machen wir ein –
Und ich frage dich, ob du –
Und du sagst –
Und dann leben wir –
Bis –

DER EINBEINIGE

Aus Gründen, die niemanden etwas angehen, zog ich nach fast zehn Jahren aus der Großstadt zurück in die Provinz. Zu allem Glück im Unglück stand meine alte Wohnung leer, und nach kurzem Zögern entschloss ich mich, wieder dort einzuziehen. In der Gegend hatte sich nicht viel verändert. Die Menschen waren schlecht angezogene Nichtsnutze, schlitzohrige Bösewichte und hässliche Kanaillen, die schmutzigen Straßen notdürftig zusammengeflickt und das Wetter bewölkt bis regnerisch. Eine Sache hatte sich aber doch verändert: Dem Einbeinigen, der immer im Rollstuhl vorm Altersheim saß und Kette rauchte, hatte man auch das zweite Bein abgenommen.

DIE GEHEIMNISSE DER KINDHEIT

Wenn zweieinhalb Amöben zweieinhalb Stunden brauchen, um zweieinhalb Liter Milch zu geben, wie lange wird dann ein blinder Japaner mit Fischallergie brauchen, um die Blätter einer fünfhundertjährigen Buche zu zählen?

UNERWARTETE BEGEGNUNG

Wenn ich zurückdenke, erscheint es mir, als hätte ich ihr meine Geheimnisse zu schnell verraten, als hätte ich sie überstürzt mit zu den Orten genommen, die mir die liebsten gewesen sind.

Unsere erste Begegnung dauerte nur eine kleine Weile. Aber eines Abends habe ich sie dann unerwartet wiedergetroffen, und wir sind ein Stück zusammen die Straße entlanggegangen, vielleicht um eine Ecke. Wir haben die Nacht still in einer Bar und dann bei mir im Bett verbracht. Am nächsten Morgen, friedlich und sonnenerfüllt, hat sie neben mir gelegen. Ich habe sie angesehen und war fest von ihr umschlossen. Jetzt würde sie mich nie wieder verlassen, die Einsamkeit.

DIE LÄSSIGEN

Ich ritt auf dem blauen Tiger durchs Dickicht, und als wir zu einer Lichtung kamen, stand der volle Mond am Horizont. Plötzlich zischten Gewehrkugeln an unseren Körpern vorbei, und der blaue Tiger stellte sich auf die Hinterbeine wie ein Hengst und brüllte, dass die Erde aufriss und wir in einen Spalt flüchten konnten. In dieser Welt hier unten war es still, und als wir zu einer Wiese kamen, legten wir uns nebeneinander ins Gras, und ich spürte die Halme zwischen meinen Fingern und summte eine Melodie von Billie Holiday, die dem blauen Tiger gefiel, und schon bald waren wir friedlich eingeschlafen.

»Ich weiß es«, rief ich, machte einen Luftsprung und schlug einen Purzelbaum. »Ich weiß es ja sicher. Ich liebe euch alle, und ihr liebt mich doch auch. Alle, alle, wir, wir sind alle hübsch und machen deshalb einen Ausflug ans Meer, wohin denn sonst? Wir fahren sofort und lassen niemanden zurück. Niemand, das sind nur die Hässlichen, und die lassen wir zurück. Alle, die ans Meer fahren, sind hübsch, besonders, wenn sie ihre Kleider ausgezogen haben und nur noch Zylinder tragen.«

»Plitsch platsch« macht's, als die schönen Körper aufs Wasser schlagen. »Plitsch plitsch platsch.«

Niemand kehrt dahin zurück, wo niemand mehr ist und lalala vor sich hin singt.

»Bitte nehmen Sie sich kein Beispiel an unserem Ausflug ans Meer. Sie nicken? Sie sollten sich schämen!«

ALLES FÜREINANDER

Ich saß mit meiner Frau am offenen Kamin und massierte ihr die kleinen Öhrchen. Das hatte sie gern. Sie trug eine weiße Bluse mit farbigen Holzknöpfen und einen schwarzen Rock, den sie bis zu den Schenkeln angehoben hatte. Und während ich mit den Fingerspitzen ihre Ohren streichelte, leicht daran zog und sanft hineinkniff, atmete sie leise und gleichmäßig. Ich bin in meinem Leben niemals glücklicher gewesen als in diesem Moment.

»Als würden die Kirschbäume blühen«, sagte ich und küsste sie.

»Okay«, seufzte sie, und dann noch mal: »Okay.«

Dann schlossen sich ihre Augen, und sie sank zu Boden.

OHNE TITEL #4

Wenn das Leben nur dies sein könnte: Wir sitzen an der Aller, trinken abgestandenes Mineralwasser und der Kleine heult, weil er sich das Knie aufgeschlagen hat.

DAS BIST DU

Die eine Frau im Leben eines Mannes. Ihr lebt mit Pferden, Schafen, einem Esel, Ziegen, Flöhen und ein paar Jungs und Mädchen am Waldrand. Zwischen Felsen und Erde als richtige Familie. Er liebt dich, du liebst ihn, und die Kinder, naja, wie Kinder eben so sind, aber sie lieben euch auch. Ach, all die kleinen Nachrichten, die ihr euch schreibt und die ihr so versteckt, dass sie der andere bestimmt findet, eure Talismane der Liebe. Und du bist einfach nur glücklich, dass du noch lebst, denn früher bist du immer mit den falschen Männern nach Hause gegangen. Wie leicht hättest du mit durchschnittener Kehle in irgendeinem Scheißkaff wie Sochumi in Abchasien enden können. Aber jetzt bist du hier. Mit ihm, den Kindern und Flöhen. Du bist ohne Anfang und ohne Ende. Aus einem Sorgengesicht ist ein Freudengesicht geworden. Aus einem zusammengekauerten Dasein ist ein Luftsprung geworden. Beweg dich nicht. Ich werde dich jetzt küssen.

LIEBE 1981

Immer muss ich alles zehnmal sagen, bevor du's auch nur hörst und sich vielleicht mal was ändert. Das ist so verdammt anstrengend. Jetzt hab ich von der Streiterei Hunger. Du auch? Ich ruf Andy an und der bringt – ja, Warhol, welcher Andy denn sonst?, und der bringt ein paar Hamburger mit und wir dinieren zusammen, das wird lustig. Ich glaub, Andy ist abhängig von Ketchup, hast du gesehen, wie er sein Brötchen darin ersäuft? Und dann isst er den Hamburger upside down, genau wie du, mein Schatz.

DEIN BETRÜGERHERZ

Dein Betrügerherz wird dir Wasserfälle aus den Augen treiben, und du wirst dir wünschen, nachdem der Boden mit dir aufgewischt worden ist, dass dich jemand in klarem Wasser auswäscht und zum Trocknen in die Sonne hängt. Aber da ist niemand, und du gammelst in der Hitze der Tage und Nächte ruhelos vor dich hin und verfaulst zu einem schwarzen Klumpen. Du hast immer gedacht, du könntest der Held im Leben oder gar im Herzen eines anderen Menschen sein. Aber du hast dich mit deinem Arsch einfach auf die Liebe gesetzt, bis sie keine Luft mehr bekommen hat und verreckt ist. Ein einziges Mal noch, kurz vor deinem Ende, wirst du leise ihren Namen flüstern, aber sie hat dich längst vergessen.

DICH BERÜHREN

Ich sitze im Wohnzimmer und gucke einen Film über Pauline und Juliet, die Paulines Mutter umgebracht haben, um zusammenbleiben zu können. Das war gelogen. Ich liege auf dem Teppich und kann mich nicht bewegen. Auch gelogen. Draußen fährt ein Auto vorbei, es hat angefangen zu regnen, das Telefon klingelt. Gelogen, gelogen, gelogen. Was ich tue, wo und wer ich wirklich bin, werde ich nur mit dir teilen, Liebste. Dich berühren, wie nur ich dich berühren kann. Von dir berührt werden, wie nur du mich berühren kannst. Aber du bist fort.

VORSATZ

Färb dir die Haare blond, fang wieder mit dem Rauchen an und lies endlich deinen Dostojewski!

Mark Schimanski und Harry Buschmann gingen die Straße entlang. Auf der anderen Straßenseite machten Semjon Semjonowitsch und Feodora Feodorowa eine Zigarettenpause. Rief Harry Buschmann rüber:

»Hey, Feodora!«

»Was willst du, Harry?«, fragte Feodora Feodorowa, die einmal mit Harry Buschmann im Restaurant, im Bett, verlobt, verheiratet und seit mehr als fünf Jahren wieder geschieden war.

Aber als Harry Buschmann etwas sagen wollte, fand er sich plötzlich nicht mehr neben Mark Schimanski auf der Straße, überhaupt war keine Straße weit und breit zu sehen und deshalb standen auch nirgendwo Semjon Semjonowitsch und Feodora Feodorowa und rauchten. Stattdessen stand Harry Buschmann an einem Fluss in der Nähe eines Wasserfalls. Vögel sangen, der Wind rauschte, Forellen sprangen und auf dem Kopf trug er eine gestrickte Wollmütze. Dann bekam er Lust auf Kaffee und ein Stück Apfelkuchen.

DIE LIEBE MEINES LEBENS

Ob ich was? Ja, fast. Das war damals, als ich gut gebräunt in dieser Schlucht von früh bis spät Steine gehauen habe. Die Jungs und ich waren aneinandergekettet und haben den ganzen Tag gesungen, was unsere verstaubten Lungen hergaben. Blues, na klar. Wir waren ne richtige Truppe. Aber das ist lange her. Ein Mädchen brachte uns mittags immer das Essen und einen Eimer mit übriggebliebener Limonade vom Vortag aus der Kantine. War kein eiskaltes Bier, aber immerhin. Sie hatte echt Klasse, und einen Mund zum Küssen. Aber als wir heiraten wollten, ist ihr am Tag der Hochzeit ein Stein auf den Kopf gefallen und sie war sofort und für alle Zeit tot. Dann sind die unterschiedlichsten Sachen passiert. Erst ganz schnell hintereinander weg und dann in immer längeren Abständen. Wird wohl ein paar Jahre so gegangen sein. Ich hab den Kopf kaum heben können, so traurig war ich. Mit ihr war alles Magie, ohne sie fauler Zauber. Hab seitdem keine Frau mehr angefasst.

Zitternd bis in die Spitzen seiner Fingernägel, knabberte er an ihnen, zernagte sie und biss dann einen nach dem anderen ab und spuckte sie auf die Dielen seines Zimmers.

Er verließ das Haus erst nach Sonnenuntergang, hielt sich mit dem Rücken dicht an Hauswänden, ging nah am Wasser entlang, duckte sich vor jedem Licht, huschte von Baum zu Baum, kletterte bis in die Krone hinauf und ließ sich, die Beine an einen dicken Ast geklammert, herunterhängen und spielte den toten Mann.

Er hatte seine Bestimmung verloren: ein ausgetrocknetes Bassin hinter einer Ruine.

SCHOKOLADENMARMELADETOAST

Die Straßen und die Menschen sind abgenutzt, unecht und verbraucht, wie nach einem unvollständigen Plan wieder zusammengesetzt. Vielleicht bin ich es auch nur, der abgenutzt ist, unecht und verbraucht. Ein Denkmal mit dem Vorschlaghammer kaputtschlagen und auf den Trümmern stehend schreiend Gedichte rezitieren. Alles kaputt machen, kaputt schlagen, kaputt treten, kaputt bomben, kaputt spucken, kaputt streicheln, kaputt küssen, kaputt lieben. Den Himmel, die Sonne und die Bäume beleidigen, sich lächerlich machen. Warum kann ich keine fickenden Affen malen und glücklich sein? Eine Blume, wenn sie verblüht ist, begraben. Mich draußen in den Wind stellen und spüren, wie es immer kälter wird, und stehen bleiben. Manchmal sind da Gedanken in meinem Kopf, die ich mit niemandem teilen kann, auch mit mir selbst nicht.

Da bist du, und du bist schön. Dein Haar riecht gut. Ich mag deine Füße, sie sehen aus wie meine. Du bist mein Schokoladenmarmeladetoast, den ich mit Schlaftabletten esse. Und dann werde ich dich im Himmel suchen, dem einzigen Ort, an dem alles verziehen wird.

Ich bin nur die Wolke, die sich gerade entleert. Ich bin der Baum, der seine Blätter verloren hat. Aus mir strahlt ein Licht, doch ich selbst bin längst vergangen.

HYBRIS

Besteig den Mount Everest, ignorier die Gesetze der Götter
und dann friss wie ein Esel, schrei und tritt aus!

NEMESIS

Fang mit dem Saufen an, erleide die täglichen Schmerzen
und dann befiehl dem Universum: Stirb du zuerst!

EPIPHANIE

Schenk dir selber nach, sag Danke und verlass die Stadt vor dem Morgengrauen mit nichts als dem, was du am Körper trägst!

AM ENDE DER WELT ANGEKOMMEN

Schau durchs Firmament ins Glitzern, schlüpf in deine Pantoffeln und sieh auf das Schwert, das blutverschmiert aus deiner Brust dringt!

AUSWEGLOSER SOMMERNACHMITTAG

Es war einer dieser hellen, heißen Sommernachmittage in der Stadt, an denen die Welt stillstand und die Bewohner in eine der Badeanstalten gefahren waren. Das einzige Lebenszeichen ging von einem Schmetterling aus, der durch die Luft flatterte und vergeblich nach einer Pflanze oder einem schattigen Plätzchen suchte, wo er ausruhen konnte. Plötzlich rief jemand von überall und nirgends meinen Namen, und ich versuchte die Stimme einer Person zuzuordnen, fand aber niemanden, auch nicht in meiner Erinnerung. Als die Stimme das nächste Mal nach mir rief, traf sie mich wie ein rechter Punch von Muhammad Ali, und ich wusste: Meine Zeit ist abgelaufen.

– Verdammt, dachte ich, jetzt ist es so weit, und weit und breit keine Menschenseele zu sehen, in die ich einfahren könnte, nur der zarte Körper des Schmetterlings.

Dann wurde mir leicht ums Herz, das ich ein letztes Mal in meiner Brust spürte, und im nächsten Moment hatte ich schon keins mehr.

Flirrende Luft. Ein Schatten sticht vom Dach eines Hauses herab.

FINDE DEN FEHLER

Ein alkoholsüchtiger, ausschweifender und prostituierten-
verfallener Mann schwor auf Wein, weniger als vier Stunden Schlaf und Maria, die Heilige, die Schöne, die Einzige.

Es regnete Katzen und Hunde. Und außerdem noch Kröten, Heringe, dunkelgrüne Cadillac Coupés, Fachwerkhäuser, Fritten und Fleischbällchen. Da bin ich, ohne groß nachzudenken, bei der fremden Frau ins Auto eingestiegen. Dass das in Wirklichkeit Ted Bundy hinterm Steuer war, habe ich erst gesehen, als sie, ich meine: er, die Perücke abgenommen hat. Ich also an der nächsten roten Ampel aus dem Auto gesprungen und weggelaufen. Er mir zuerst noch mit dem Auto hinterher, aber dann war er plötzlich verschwunden. Musste ich den Weg nach Hause doch zu Fuß durch den Regen. Hab ich so laut ich konnte Songs von Debbie Harry gesungen und dabei ist mir ganz warm geworden. Wenn jemals eine Zeitmaschine erfunden wird, werde ich zurück nach New York ins Jahr – ach, klappt ja eh nicht. Drei Straßen weiter hab ich zum Glück noch den Bus gekriegt; der Fahrer sah aus wie ein frisch frisierter Muddy Waters mit Schmalztolle; ich konnte gar nicht aufhören, ihn anzustarren, so ein schöner Mann. Zu Hause angekommen, hab ich wohl zu heiß gebadet, denn als ich mich abtrocknete, fielen mir Arme und Beine ab und ich lag auf dem Rücken wie ein Maikäferchen, das aber nichts mehr hatte, womit es zappeln konnte.

DAS MÄDCHEN MIT DEN FALSCHEN HASENOHREN

Hatte ich ihre glänzenden glatten Beine schon erwähnt? Das Mädchen mit den falschen Hasenohren und dem rosafarbenen Samtkleidchen hatte eine Art Nervenzusammenbruch. Noch am Morgen war sie aufgestanden wie immer, hatte sich die Zähne geputzt und so weiter, und gerade als sie den letzten Bissen Toast mit Erdbeermarmelade heruntergeschluckt hatte, brach es schluchzend und hustend aus ihr heraus: »Do you love me?« Aber niemand da, der ihr antworten konnte: »Ja, mein Süßi, ich liebe dich, beruhig dich wieder, alles wird gut.« Und deshalb begann sie zu heulen und sah hinüber zu den beiden anderen Mädchen mit falschen Hasenohren, die rosa Samtkleidchen trugen und still auf dem Sofa saßen. Dabei starrten sie in die Luft und bewegten sich ein bisschen wie Wasserpflanzen.

OHNE TITEL

Ich habe mich dazu entschieden, für Bedürftige zu spenden. Mein Humanismus fordert das von mir. In meinen rollbaren Samsonite aus Plastik (inklusive großflächigem Riss) lege ich: Hochschulabschluss Rechtswissenschaft, Hemd und Krawatte (nicht zum Hemd passend), 10.000 deutsche Wörter, Rasierapparat, Duschgel, Schnellhefter, Butterbrotpapier, Umhängetasche, Busfahrkarte, Frau und Kind, Laptop, Bausparvertrag, Spielzeugmobiltelefon, Facebook-Account, CD »Nirvana Unplugged« und Impfpass. Was vergessen? Ach ja, den Titel dieser Geschichte habe ich auch gespendet.

ETC. #74

Sie sagte, ich solle sie mir kniend vorstellen, in Strumpfhosen und rosa Strickjacke vor der Waschmaschine, die sie nicht aufbekommt. Und dann solle ich eine Geschichte darüber schreiben.

DIE SELTSAMSTE SACHE DER WELT

Die Liebe ist die seltsamste Sache der Welt. Ich schaue aus dem Fenster, sehe ein Mädchen auf der Straße und weiß: Ich will meinen Kopf unter ihren Rock stecken, ich will ihr eine schöne Halskette kaufen, und wenn sie krank ist, will ich ihr das Essen ans Bett bringen. Aber als ich unten bin, ist sie weg.

Die Liebe ist die seltsamste Sache. Nachdem wir uns bis halb sechs Uhr morgens geliebt haben, haue ich mir ein Schaschlik in die Pfanne, rauche eine Zigarette und trinke einen Liter Mandelmilch.

Die Liebe ist –. Wenn man darüber spricht, verschwindet sie, und wenn man darüber nachdenkt, wird einem ganz schlecht.

Die Liebe ist wie ein Hund – sie legt sich hin, wo sie will.

NUR MAL ANGENOMMEN

Wir wären in ihrem Zimmer. Es wäre mitten in der Nacht. Was wir dort gesprochen und gemacht hätten, ginge niemanden etwas an. Es bliebe unser Geheimnis.

DU BIST SCHON

Ich würd dir sagen, dass es mir – wenn ich wüsste – ändert –
aber ich weiß – dieses Mal – zu viel – zu gemein – Ich ver-
such – zu verdecken – verberge, denn – Ich würd vor dir
– dich um – dich – aber ich weiß – Jetzt gibt's nichts mehr –
Ich würd dir sagen, dass ich dich – wenn ich wüsste – ändert
– aber ich weiß – du bist schon – Deine Grenzen – zu weit
– selbstverständlich – Ich dachte, du brauchst – Ich würde
alles tun, um – einfach weiter – denn

DIENSTAG

Heute ist Dienstag. Aber die Tage sind alle gleich. Ich öffne meine Augen, und das Licht sticht gleißend in meine Stirn. Im Hinterhof werden dem Asphalt die Knochen durchgesägt, und er flüstert mir zu, ich möge ihm leise, mit aufgeschraubtem Schalldämpfer, den Gnadenschuss geben (die Gespensterstille auf dem Grundstück, das an die Weide grenzt, nachdem die schreienden Schafe in der Nacht abgeholt worden waren). Im Hausflur bellt ein Hund, auf der Straße heult ein Kind. Ein Arbeiter karrt Lebensmittel vom Lastwagen in den Supermarkt. Ein Trinker zetert wegen nichts und wieder nichts. Davon wacht ein Baby auf und weint. Eine Mutter wird nervös, und ein Vater, der spät dran ist, schreit sie wütend an. Gesäge, Geschrei, Gebell, Geheul, Gewinsel, Gezeter, Geweine, Gejaule, Gekarre, Gejammer. Alles vor acht Uhr morgens. Ich kaufe eine Zeitung, und zurück in der Wohnung setze ich einen Kaffee auf, pisse ins Waschbecken, schneide das Kabel des Rasierapparates durch und lege beides zusammen mit dem Aftershave in den Toilettenmüll. In meinem Leben ist gerade nichts Schönes, nichts Helles. Niemand, mit dem ich Seite an Seite, Hand in Hand gehen könnte. Ob's anders wäre auf Tobago? Der Film ist zu Ende. Die Lichter bleiben aus.

ALLTAGSTROTT

Verzichte auf Zeitungen, hol dir Gefühle aus Gedichten und beweise Weltfremdheit!

WUNDERHEILUNG

Draußen stand seine beste Freundin und wartete darauf, zack zack den Teufel durch die Hand des Wunderheilers ausgetrieben zu bekommen. Ein norddeutsches Viech, das vor Jahren vom Blitz getroffen worden war und seitdem kosmische Kräfte in sich wähnte, mit denen es meist Frauen und Hunde von Schmerzen aller Art befreite.

Währenddessen saß er drinnen in einer winzigen Toilettenkabine und hatte seinen Kopf gegen die dünne Sperrholztür mit weißem Kunststoff-Furnier gelehnt.

– Ah, das ist schön bequem, dachte er mit geschlossenen Augen und pochte einige Male mit dem Kopf gegen die Tür.

Wenn der große Beschwörungspriester doch auch Menschen mit gebrochener Wirbelsäule, Blinde, Pestkranke, Dumme oder Verliebte heilen könnte. Oder irgendetwas wusste, das er nicht wusste. Dass so viele an einen schielenden Max mit Halbglatze glaubten, nicht aber an Gott, Dichtung oder Gartenarbeit, machte ihn für einen Moment zornig. Und plötzlich hatte auch er eine glimmende Eingebung: Ich bin Atheist.

Und er gab sein Versteck auf und schiss überall hin, wo er bislang gegessen hatte, und lebte fortan gesund und glücklich.

PFLAUMENBLÜTE

In einer hoffnungslos überfüllten Tokioter U-Bahn im Feierabendverkehr musste der Zugführer die Menschen in die Waggons stopfen und die Türen manuell zuschieben.

In einer wüstenleeren Berliner S-Bahn tanzte eine japanische Frau mit einem Regenschirm wie Gene Kelly und ging auf wie eine Pflaumenblüte.

MOMENTE AUS LICHT

Wir liegen auf dem Bett, und die Morgensonne fällt auf unsere nackten Körper.

Nach fünfzehn Stunden Autofahrt steige ich in einem umbrischen Bergdorf aus, und du kommst in meine Arme gelaufen.

Ich lege mich zur Frau und dem Kind, die auf die Straße gemalt sind, und sehe dich dabei an.

Wir schippern in Venedig über den großen Kanal, ich umarme dich von hinten und du hältst meine Hand.

Der Kleine fährt das erste Mal alleine Fahrrad, und du machst Luftsprünge und gibst Quietschlaute von dir.

Diese Momente aus Licht.

Gestern Nacht ging ein Mann in eine Höhle und machte es sich im Rachen eines schlafenden Wolfes bequem.

– Wenn er aufwacht, dachte der Mann, werde ich ihm mit meiner Flinte den Kopf wegschießen und der Held des Dorfes, der Held im Leben einer Frau, vielleicht sogar Jennys Held sein.

Aber als der Wolf erwachte und sich reckte und streckte, verlor der Mann sein Gleichgewicht und das Gewehr, und reflexartig biss der Wolf zu.

Das war das Ende von einem, der einen Wolf erlegen wollte und alles ganz falsch anging, nun aber nichts mehr daran ändern kann.

ZU VIELE DICHTER

»Es gibt einfach zu viele Dichter«, sagte der eine Dichter zum anderen.

»Stimmt«, sagte dieser, ging nach Hause und schrieb ein Gedicht darüber.

My great great grandmother, ach nein, das war eine andere Geschichte.

Mein Schwesterlein, mein Gretelchen, liebste Gretel, my great great Gretel. Ich danke dir, dass du mich aus dem Gefängnis befreit hast, nachdem du die alte Hexe in den Ofen gestoßen hast. Was wäre wohl ohne dich aus mir geworden? Naja, Abendessen wahrscheinlich. Aber jetzt sind wir wieder zu Hause, und ich wollte dir sagen, dass ich dich – Ach du meine Güte, ganz andere Geschichte. Wie peinlich.

So, hier jetzt aber die richtige: My great great Greta! Jetzt fragen sich allen, wer sein Grtal, pardon, Greta. Den Autoren schreiben 300 Liebesgeschichten und Liebesgedichten über Greten und niemand wissen, wer denn sein die Frauen, ob hübschen oder ob stacheligen oder ob nur erfundenen? Sein Greta great, weil großen Einmeterfünfundachtzigen oder sein Greta großartigen Personen mit Herzen und Seelen? Vielleicht sein Greta neuen Musen somewhere over the Regenbogen. Niemand wissen und Autoren schweigen stillen Graben.

Stießen mit Champagner auf ihr Einjähriges an. Plötzlich stand Sofies Ehemann auf der Terrasse des Cafés. Jetzt hatte er Gewissheit. Sah Edgar. Sah den Champagner. Sah Sofie. Er sagte etwas, aber da begann ein Herumtreiber auf seiner Trompete zu spielen, und seine Worte waren nicht zu verstehen. In der Verwirrung stahl sich Edgar unter den Tisch, und Sofies Ehemann zog ein Buschmesser aus seinem Jackett, mit dem er dem Herumtreiber die Kehle durchschnitt. Kurzes Gurgeln, Röcheln, Blut, dann fiel der Herumtreiber tot um. Großer Jubel der Café-Gäste, die den Ehemann hochleben ließen. In diesem Moment stahl sich Sofie unter den Tisch zu Edgar, und beide krochen davon. Mit zitternden Knien und pochenden Herzen liefen sie zum Bahnhof, sprangen auf einen gerade abfahrenden Zug nach Badenweiler im Schwarzwald und tranken im Zugrestaurant mit einem russischen Schriftsteller und seiner Frau Champagner.

DRECKIGER KITSCH

Jahr um Jahr, Tag um Tag war er vor Sonnenaufgang aufgestanden, hatte unzählige Lämmer zur Welt gebracht, im Frühling den Garten mit Fenchel, Tomaten und Artischocken und im Winter das Gewächshaus mit Salat, Radieschen und Kräutern bepflanzt wie andere die Magazine ihrer Kalaschnikows mit Patronen laden, hatte Schubkarre um Schubkarre Schafmist in den Obstgarten gekarrt oder den Schornstein der Töpferei gemauert.

An einem Novemberabend las er in einem Buch die Zeilen: *Irgendwann ist dieses Leben zu Ende. Und dann kann unsere Liebe weitergehen. Ich werde dich suchen, und wenn es tausend Jahre und tausend Leben dauert. Ich werde dich finden. Ich verspreche es dir.* Er begann zu lachen.

Nicht über die Worte. Die waren gekonnt, aber kitschig. Er lachte über sich selbst und sah sich dabei mit den Augen einer Frau, die eintrat, ihn dreckig und stinkend dasitzen sah und die sich mit der einen Hand die Augen, mit der anderen die Nase zuhielt.

– Gib mir deine Hand, dachte er und sah durch den Raum und die Tür in den Garten hinaus, jetzt! Und dein Herz, denn meines hast du schon. Ansonsten scher dich zum Teufel!

LA VIE EN ROSE

Am Morgen saß er am Tisch und betrachtete eine der weißen Rosen, die in der Vase standen. Er sah sie lange an und flüsterte ihr etwas zu. Dann ging er zur Arbeit. Als er am Abend wieder nach Hause kam, waren alle Rosen bis auf die eine verblüht.

– Nur die Liebe ist groß, dachte er. Glücklich, wer in ihren Armen sterben kann.

Dann schrie er bis in die Nacht hinein. Den Rest seines Lebens verbrachte er unauffällig.

Das ist dann alles für heute, kannst das Hemd ausziehen, dir selbst auf die Schulter klopfen und sagen: Ich hab ein Herz in der Brust, das voller Liebe ist. Josephine sitzt wohl irgendwo allein in ihrem Zimmer, mal lächelt sie, mal zieht sie die Augenbrauen hoch. Wenn sie an eine Schlinge um ihren Hals denkt, schüttelt sie sich und ihr Haar verströmt den Duft frischer Blumen im Raum. Sie sitzt da wie die Spur eines Rehs im Neuschnee. Oder so, als wäre gerade ein Mord geschehen. An der Wand das Foto eines Hundes, der ein Schaf fickt.

Dackel haben kurze Beine. Himbeeren sind rot. Jeder Anfang hat ein Ende. Einst trug sie den ganzen Reichtum der Welt in sich und einen Diamanten an ihrem Finger. Aber zurück zu mir. Als ich eines Morgens aus unruhigen Träumen erwachte, fand ich mich allein in meinem Bett und zu einem Fettklops verwandelt. Ich musste lachen, und das Bett fing an zu beben.

SHOWTIME

Mach den Affen auf einer Bühne, gib den Affen vor der Bühne Zucker und engagier Chan Marshall, Evan Rachel Wood und Léa Seydoux für den Background (singen, tanzen, schmusen)!

LAURA PALMER

Ich kam aus einem Café und sah eine Frau auf der anderen Straßenseite vor einem Esoterikladen stehen. Woher kannte ich sie nur? War sie nicht eine der Damen aus den Berliner Rinnsteinliedern? Nein. Dann fiel es mir plötzlich wieder ein: Ich hatte sie erst am Wochenende vorm Albatrosgehege im Zoo kennengelernt. Sie sah ein bisschen aus wie eine erwachsen gewordene Laura Palmer aus der Fernsehserie »Twin Peaks«, nicht wie die tote Laura in der Plastikfolie, wie die lebendige; ein lebenslustiges Ding mit blonden Naturlocken, bescheuerter, übergroßer Brille und frechem Lächeln. Sie suchte nach einer Postkarte in einem der Ständer, fand eine, zog sie heraus, las etwas auf der Rückseite, steckte sie wieder zurück, suchte weiter, zog die nächste Karte heraus und so weiter. Ich überlegte, ob ich versuchen sollte, etwas mit ihr anzufangen, ging einen Schritt auf sie zu, begann zu laufen und rannte bereits über die Straße und in Laura Palmer hinein und stürzte mich ins Glück.

FARN, SCHUSTERPALME, ZAHNPUTZBECHER

Edgar schloss die Wohnungstür seiner Nachbarin auf. Er hatte ihr versprochen, die Blumen während ihres Urlaubs zu gießen. Edgar hatte noch nie eine Wohnung durchs Badezimmer betreten, aber er dachte, das passe zu Marie und ihrer einfachen, aber ungewöhnlichen und vor allem unwiderstehlichen Art. Vom Bad gelangte Edgar ins Schlafzimmer, in dem ein kleines Bett stand. Zu Edgars Überraschung saß auf dem Bett ein Mann, der eine Zigarre rauchte. Er trug ein T-Shirt, auf dem er selbst zu sehen war, wie er eine Zigarre rauchte.

»Howdy!«, sagte Edgar.

»Bitte gehen Sie nicht ins nächste Zimmer.«

Edgar ging trotzdem, und das nächste Zimmer glich dem vorherigen auf die Fussel: Ein Schlafzimmer, in dem ein kleines Bett stand. Auf dem Bett saß ein Mann, der eine Zigarre rauchte. Er trug ein T-Shirt, auf dem er selbst zu sehen war, wie er eine Zigarre rauchte.

»Howdy!«, sagte Edgar und erwartete als Antwort die Bitte, nicht ins nächste Zimmer zu gehen. Aber der Mann schwieg.

Das nächste Zimmer war wieder das Badezimmer. Neben dem Toilettensitz sah Edgar jetzt zwei Keramiktöpfe, einer mit einem Farn, der andere mit einer Schusterpalme. Er gab den Pflanzen jeweils einen Zahnputzbecher voll Wasser, zog die Badezimmertür hinter sich zu und stand wieder im Treppenhaus. Er würde Marie nach ihrer Rückkehr zum Abendessen einladen, dachte Edgar, und danach, wenn sie es wollte, auf alles andere auch noch.

Er hatte keine Mutter, keinen Vater und keinen Bruder mehr. Nichts hatte er also. Ein Niemand aus Nirgendwo. So wollte er nicht weiterleben, und er ging weg, denn dableiben fühlte sich verdorben an.

Auf seinem Weg begegnete er einem Zwerg, einem Blinden und einer Prostituierten, und die vier wurden schnell Freunde. Aber dann brach das Unheil über sie herein, wie damals, als die Frösche über das Ägyptenland kamen. Der Zwerg verliebte sich in die Prostituierte, die aber schon all ihre zweihundertdreiundsiebzig Augen auf den Blinden geworfen hatte. Und der Blinde war nicht nur blind, sondern auch taub und stumm, und er konnte süß und salzig nicht voneinander unterscheiden. Wie das bekannt war? Ganz einfach. Der Zwerg hatte dem Blinden Salz in den Kaffee gestreut und Zucker auf die Gurke. Drei Tage lang musste der Blinde davon speien. Als hätte er es im Leben nicht schon schwer genug gehabt.

Ein paar Tage später wurde sein Auto auf einem Maisfeld gefunden. Der Auspuff war mit Schlamm verstopft, und die dabei entstandenen Abgase in der Fahrerkabine hatten erst zur Ohnmacht und schließlich zum Tod geführt. Vom Blinden, der Prostituierten und dem Zwerg fehlte jede Spur.

GYÖRGY

»Großer Meister der Stille, sprich zu mir, so wie du zu Mose gesprochen hast. Sag: ›Ich bin da!‹ Weise mir und den Menschen den Weg aus der Verirrung. Weise zuerst mir den Weg, ich werde nach den anderen schicken lassen – wenn ich's später nicht vergessen habe. Soll ich ans Meer gehen und Teil der sich wiederholenden Geschichte werden? Mein schweigsamer Herr, dann mögest du mir ein Schiff senden mit Motor, Mannschaft und ausreichend Vitamin C, damit meine Reise recht angenehm verlaufe. Und keine Verfolger oder Eisberge. Ich hab ohnehin schon Hautprobleme vom Alltagsstress, da kann ich nichts im Nacken sitzen haben. Zungenloser Herr und Meister, ich will nun leben nach deinem Schweigen und für immer still sein.«

Und György packte einen Koffer, fuhr mit seinem Austin Healey BN7 out of the black and into the blue, das blau in ihn hineinleuchtete.

György stand am Strand, aber vor ihm tat sich kein Meer auf. An seiner Seite kein Volk, das an ihm zweifelte. Im Anmarsch kein ägyptisches Heer mit Pferden, Wagen und Reitern, mit blutenden Knöcheln, knarrendem Holz und schreienden Hälsen. Kein Zorn des Pharaos. György sah keinen Unterschied mehr zwischen Wahrheit und Lüge, und er richtete die Faust gegen den Himmel, aber im Angesicht des Blaus löste György seine Finger wieder und reichte dem Himmel die Hand.

Nichts war möglich in dieser Welt für György. Das hieß aber auch, dass alles möglich sein konnte. Er stand noch eine Weile schweigend da, dann ging er weg.

Die Wellen schlugen auf den Strand, und das Meer gluckste und plätscherte so wie es das schon vor György getan hatte.

DALAI LAMA

Grill Plastik, schreib Naturgedichte und atme, atme!

SPLASH

Zieh nach L.A., heirate eine Meerjungfrau und dann step-back three!

DENKMAL

Er schlief am Fuße eines Vulkans, als dieser auszubrechen drohte. Er zog ein riesiges Schiff über einen Berg, stellte sich dann auf die Kommandobrücke und steuerte es direkt in die teuflischsten Stromschnellen. Er biss Schlangen den Kopf ab, nagelte einen Affen ans Kreuz und marschierte drei Wochen durch Schnee und Eis, ohne zu schlafen. Er bekämpfte das Licht der Sonne mit dem Licht einer selbstgebastelten Feuerwerksrakete. Er fraß sich durch eine afrikanische Wüstengefängnismauer. Er wurde bei einem Attentat angeschossen, kratzte sich aber nur kurz, so, als hätte ihn eine Mücke gestochen. Ein großer, Unmenschliches vollbringender Mensch (und seine Zähne glänzten wie die Schuhe Gottes).

Ich will ihm ein Denkmal setzen, eines, das noch in hunderttausend Jahren von ihm zeugen wird: Ich ramme ein einfaches Schnitzmesser in die Erde – die Eroberung des Nutzlosen.

ANLEITUNG, WIE MIT EINEM TYRANNEN UMZUGEHEN IST

Saß ein Tyrann im Café, soff Schnaps mit seiner Geliebten und rauchte Zigarre. Kam ein schlaksiger Mann vorbeigeschlendert, ganz so, als wäre nix. Zog er plötzlich zwei Plastikflaschen aus seiner Umhängetasche, drehte sich zum Tyrann hin und bespritzte ihn mit Senf und Ketchup. Tropfte dem Tyrannen gelbe und rote Soße vorne von den Haaren auf die Nase und aufs Hemd und hinten in den Nacken und lief von da den Rücken runter. Sprang der Tyrann auf, schrie und fuchtelte mit den Fäusten. Der tapfere Mann war aber längst im Getümmel lachender Menschen, die alles mit angesehen hatten, verschwunden.

TWOMBLY

Oben im Himmel schweben die Titten und unten auf der Erde wuseln die amöbenhaften Pimmel durcheinander wie zur Rushhour. Die Titten sind grau und prall, die Pimmel rot, groß und hart, aus ihnen fließen Sperma und Blut. Am Rand ein, zwei, drei minimalistische Kästen, in der Mitte ein Schachbrettmuster und vielleicht ein Elefantenkopf (aber der entspringt wohl nur meiner begrenzten Phantasie). Mit roten, halbrund verlaufenden Linien wird ein Berg angedeutet, darüber steht geschrieben, wie der Berg heißt (Parnass), und dann ist da noch mehr krakelig Geschriebenes und Gezeichnetes, so, als hätte einer das Licht ausgemacht oder den Stift an einen Dreijährigen oder einen Wahnsinnigen übergeben. In diesem Bild möchte ich leben.

KING & QUEEN

Am Sankt-Nimmerleins-Tag saßen Adolf Hitler und Marcel Duchamp jeder für sich bei einem Glas Schlehenbrand und entwarfen zwei Königreiche von so monströser Größe, dass noch Jahrhunderte später die Schädel der Menschen rauchten wie die fiesesten Industrieschlote von Aqtöbe bis Gelsenkirchen, um die Ausmaße begreifen zu können.

Als Duchamp sah, was er angerichtet hatte, schnitt er sich selber den Kopf ab und warf ihn ins Meer, wo er von einem Wal verschluckt wurde. Und Hitler übergoss seinen Körper mit Benzin, zündete sich an und erhellte die Welt für einen Augenblick.

LEBE NACH SAMUEL BECKETT

Mach was, spuck aus und fang noch mal von vorn an!

ZEIT FÜR WAS NEUES

Erobere den Sekundenzeiger, kauf billig Jo-Jos, um sie teuer
zu verkaufen, und belohn dich für dein Unvermögen.

KULTURKAUFHAUS

Kam einer in einen Laden und schlug dem Inhaber mit der Faust in die Fresse. Paar Zähne fielen aus seinem blutenden Mund. Dann trat er ihm in den Rücken, zog ein Schlachtermesser aus der Tasche, rammte es ihm in den Bauch und zog die Klinge rauf bis zum Hals. »Jetzt hast du geöffnet!«, sagte er, wedelte mit irgendeiner Fahne herum und verschwand, ohne eine Spur zu hinterlassen.

VOLKSFESTSPASS

Zwischen Karussell und Autoscooter hebt eine Frau ihren Sohn auf den Sims der Wurfbude. Freie Auswahl für jeden, der mit drei Würfen die Pyramide aus zehn Dosen abräumt. Der erste Wurf des Jungen trifft zwar, aber keine der Dosen fällt. Mit dem zweiten Wurf schafft die Mutter fünf. Den letzten darf wieder der Kleine machen – vorbei. Der Wurfbudenbesitzer ist ein guter Mensch und schenkt dem Jungen einen vierten Ball, den er stolz der Mutter zeigt und ihn beinahe unendlich weit über die Dosen hinweg wirft. Als Trostpreis bekommt der Junge eine rotweiße Zuckerstange und einen Kuss von der Mutter.

UND ÜBERHAUPT

Ich sitze auf der Couch, die ich nicht habe, und denke an dich, wie du jetzt gerade in den Himmel schaust.

Das Telefon klingelt nicht, und ich nehme den Hörer von der Gabel und sage dir alles, wirklich alles, auch die Geheimnisse.

In Paveses Tagebuch suche ich nach dem Brief, den du mir geschrieben hast, aber ich kann ihn nicht finden.

Ich weiß, du kannst mich jetzt gerade und überhaupt nicht gebrauchen.

ALLEIN ZU HAUSE

Wenn ich allein zu Hause bin, mach ich ganz normale Dinge: Rehe schießen, T-Shirts zerschneiden, Staubkörner zählen, Buchstaben auseinandernehmen, Wurst bemalen, Schuhcreme putzen, Schweinkram denken, Spinnen zähmen, mit dem Besenstil Luftlöcher in die Fensterscheibe machen, Glühbirnen polieren oder Fußnägel gegen die Wand werfen. Das macht die schlechte Gesellschaft, Sie verstehen?

VATERLANDSDIENST

Hab eigene Gedanken, zeug einen Sohn und verbrenn die Flagge!

VERBEUGUNG

Ich stehe vor dem Haus, in dem sie vor zehn Jahren unterm Dach rechts gewohnt hat. Hier haben wir uns ineinander verliebt. Wo und mit wem sie jetzt lebt, weiß ich nicht. Und wer in die Wohnung gezogen ist, auch nicht. Eine Katze bleibt neben mir stehen und stellt sich auf die Hinterbeine. Sie reicht mir zur Begrüßung ihre Pfote. Ich lache. Die Katze auch. Ich mache eine Verbeugung. Die Katze und ein Baum verbeugen sich ebenfalls. Oben wird ein Fenster geöffnet, und ich schaue heraus und rufe ihren Namen.

ROSA DACKEL

Mein Großvater hat meinem Vater die Hutfabrik und mir eine kleine Messingschatulle vermacht. Ich hatte sie als Kind oft staunend in den Händen gehalten und mir ihre Verzierungen mit Pflanzenmustern angesehen. Schwer war sie. Und voller Schätze. Was man als Kind eben so alles hineinlegt, besonders, weil sie verschlossen war. Ein Vierteljahrhundert ist seitdem vergangen, und endlich besaß ich die Schatulle und auch den Schlüssel dazu. Ich stellte mir vor, dass etwas darin war, das mein Leben von Grund auf ändern würde: ein rosa Dackel, Hitlers Asche, Annas Ja-Wort, ein Hut, den alle tragen wollen, ein guter Geist, Freiheit, Gleichheit, Brüderlichkeit, ein toter Spatz, dessen vertrocknete Lunge bei Verzehr unsterblich machen würde, das Ende der Welt, der Pazifik.

»Wundervoll! Wundervoll!«, rief ich aus und öffnete die Schatulle.

LITSCHI UND KOKOSNUSS

Eines Morgens wachte ich auf, und es roch nach Litschi und Kokosnuss. Ich hasse Litschis, und es gibt nur eine einzige Sache auf der Welt, die ich noch mehr hasse, und das sind Kokosnüsse. Ich sah mich zuerst im Bett um. Keine Litschi, keine Kokosnuss, keine Frau, nichts. Dann sah ich unter dem Bett nach. Dasselbe. Ich stand auf und ging ins Bad. Da lag die Frau auf den Fliesen und schnarchte. Ich beugte mich zu ihr herunter, aber sie roch nach Schlaf, Gin und Kiefern. Ich nahm das Fieberthermometer aus der Schublade und steckte es mir unter die Achsel. Normal. Der Geruch nach Litschi und Kokosnuss blieb.

– Wirklich seltsam, dachte ich, es sind weder Litschis noch Kokosnüsse zu finden, Fieber habe ich auch nicht, trotzdem dieser Geruch, als hätte ein Geist sich mit Parfüm aus Litschi und Kokosnuss eingesprüht.

LONDON

»Du fährst doch nach London«, sagte ich zu ihr.

»Ja, wieso?«

»Zu deinem Macker.«

»Steve.«

»Ach, ich sag's dir lieber nicht.«

»Nein?«

»Sonst trittst du mir nur vors Schienbein.«

»Wahrscheinlich Schlimmeres.«

»Wahrscheinlich.«

»Los, jetzt sag schon.«

»Ich würde lieber nicht.«

»Leute, die geheimnisvoll tun, sind Idioten.«

»Ich bin ja so oder so ein Idiot.«

»Letzte Chance.«

»O.K., vergiss London einfach«, sagte ich, »und lass uns *old school* am Kanal sein.«

»*Old school.*«

»Rumlungern, Bier trinken und vögeln.«

ÜBER DAS REISEN

Steigen die Leute in ein Flugzeug, fliegen in eine Stadt und glotzen alles blöd an, bis sie müde sind. Schlafen sie eine Nacht und laufen am nächsten Tag wieder durch die Stadt, um alles noch viel blöder anzuglotzen. Werden sie nicht müde und glotzen auch noch die ganze Nacht hindurch alles blöd an. Gehen sie kurz in eine Kneipe und saufen sich einen an, um gleich darauf wieder rauszurennen, zu glotzen, unendlich blöd, und dann auch noch laut dabei rumzuschreien. Überall Leute von überall aus der Welt. Ihre Augen aufgerissen, glotzen sie, ihre Mäuler offenstehend, schreien sie. Gehen sie am dritten Tag in ein Museum, sagen sie »Ahhhhhh« und »Ohhhhhh«. Gehen sie dann in ein öffentliches Scheißhaus, sagen sie auch »Ahhhhhh« und »Ohhhhhh«. Und wackeln sie dabei hin und her und popeln sich zwischen den Beinen rum. Kommen immer mehr Leute und glotzen und schreien alles kaputt – die ganze Stadt eine einzige Glotz- und Schreiruine. Stellt einer, der in der Stadt lebt, ein Schild auf: »Stadt schließen, Pestzustand ausrufen!«. Aber kommen nur Leute und glotzen und schreien das Schild an. Jubelt der Bürgermeister über die vielen Besucher. Sind die Soldaten alle in anderen Ländern stationiert. Sitzen die Polizisten im Mannschaftsraum und spielen Karten. Stehen auf den leeren Baugrundstücken, wo man tiefe Gruben für Glotzaugen und Schreihälse ausheben könnte, überall Hotels. Steigen die Leute nach einer Woche des blöd Herumglotzens und Herumschreiens wieder ins Flugzeug und fühlen sich zu Hause angekommen wie sieg-reiche griechische Helden.

Nackt war sie auf die Welt gekommen, wie wir alle. Als Kind sah sie oft in den Garten ihrer Eltern hinaus, ohne zu wissen, was ein Garten überhaupt ist. Und irgendwann war sie alt genug und wusste, dass das, worauf sie wartete, nicht von selbst zu ihr kommen würde. Aber diese Gedanken hatte sie nur in einem Film aufgeschnappt. Sie sah die Dinge vor ihren Augen ablaufen, aber mehr nicht. Was sie fühlte, konnte sie nicht beschreiben.

– Das Leben ist schlecht, dachte sie irgendwann, und wenn das nicht bald vorbei ist, ist es bald vorbei mit mir.

Aber auch das waren nur Gedanken aus demselben Film, dessen amerikanischer Regisseur alles von einem deutschen Schriftsteller übernommen hatte, der seinerseits das Abbild eines französischen Dichters entworfen hatte. Und wie der Dichter zu seinen Versen gelangt war, wusste niemand.

Nicht ruhig oder geduldig wollte sie sein, sondern unzähmbar.

Eines Tages forderte das Leben sie auf, es zu berühren, aber sie konnte es nicht. Sie legte sich schlafen und beschloss, nicht mehr aufzuwachen.

Das war die letzte Szene des Films und wenig später wieder Licht im Kinosaal.

ALLERBESTER FREUND

Begegneten sich ein kleiner und ein großer Mann auf der Straße.

Der Kleine: »Das muss ich dir erzählen.«

Der Große: »Ja, wahrhaftig, das müssen Sie mir erzählen!«

»Und wenn ich's dir erzählt habe, bist du mein Freund.«

»Eins nach dem anderen. Aber nun erzählen Sie doch schon.«

Der Kleine: »Heute Morgen habe ich mir einen Kaffee gekocht. Und beinahe ist er mir übergekocht.«

Der Große: »Beinahe aber nur.«

»Ja genau. Hab ihn gerade rechtzeitig vom Herd genommen.«

»Und er ist nicht übergekocht, war nicht bitter, Sie haben sich nicht die Hand verbrannt oder die Zunge ruiniert?«

Der Kleine: »Ja, also, nein, nein, nein und nein, nicht übergekocht, nicht bitter, nicht die Hand verbrannt und die Zunge auch nicht ruiniert.«

Der Große: »Also alles ganz normal.«

»Ja, genau so war's. Du bist jetzt mein Freund, oder?«

»Ihr allerbester Freund.«

Dann ging der große Mann davon, und der kleine Mann schaute ihm hinterher.

Er, ein russischer Wandermönch mit magnetischen Augen, schwarzen Zottelhaaren und Struwwelbart. Ich, ein mickriges Haustier, weniger: ein Wurm in Käfergestalt, noch weniger: die Laus in seinem Bart. Er, ein Mythos, eine Legende, ein Tausendsassa. Ich, ein Taugenichts, ein Luftikus, eine ganz kalte Dusche. Er, größer als die Bäume, größer als die Pyramiden, größer selbst als der Zar. Ich, ein Gernegroß, ein Wichtelmännchen, ein Pygmäe. Er, eine maßlose Libido, elektrisierende Aura und heilende Kräfte. Ich, ein Schlappschwanz, ein Buckliger, ein Analphabet. Er, ein Weltergreifer. Ich, einer, den die Welt am Arsch gepackt hatte. Er, ein Mystiker. Ich, verschlossen wie einst die Büchse der Pandora. Er, zu jeder Stunde betend und stundenlange Beschwörungen murmelnd. Auf mein Wort hörte dagegen nicht mal ein Hund. Er ging in großen Schritten vorwärts. Ich in kleinen Trippelschritten rückwärts. Er heiratete zweiunddreißig Mal, einunddreißig Russinnen und eine Deutsche, deren Schwester so unansehnlich war, dass man sie im Haus versteckt hielt. Und ich Trottel verliebte mich auch noch in sie, hatte aber keine Chance bei ihr.

Zusammen pilgerten wir durch den Schoß unserer Mutter Russland, mit wenigen Ausnahmen: In Kyoto tranken wir Sake mit Kaiser Mutsuhito, in St. Petersburg Wodka mit Zar Nikolaus II., in Italien Limoncello mit Kurt Erich Suckert und in Deutschland Schnaps mit Fritz Lang. Wir lebten in ständiger Todesgefahr vor Menschen mit starken Schmerzen. Sie dachten, wir könnten sie heilen, dabei fehlte ihnen gar nichts, sie hatten nur einen ausgeprägten Hang zum Wahnsinn. Und gegen diese tückische Erkrankung vermochte selbst mein Freund nichts auszurichten.

Zweihundert Jahre Seite an Seite waren eine lange und glückliche Zeit und genauso ausgefüllt unser Leben verlief, so selig endete unsere Freundschaft: Dunkle Mächte verschworen sich gegen ihn in Form von zyankaligetränkten Sahnetörtchen und gegen mich mit einem spanischen Dolch. Schließlich zog man uns bei klirrender Kälte als Eisleichen aus einem Loch in der zugefrorenen Newa. Und so glichen wir einer dem anderen und waren endlich ganz vereint.

DER MANN MIT DEN DREI NASENLÖCHERN

Also, ein Mann mit drei Nasenlöchern sagte etwas, aber niemand verstand etwas von dem, was er sagte. Dann war da noch ein anderer Mann, der in einem Büro arbeitete, das gar kein Büro war, sondern nur in der Vorstellung eines anderen Mannes existierte, der am Schreibtisch seines Arbeitszimmers saß. Und auch der Schreibende existierte nicht, denn ich habe ihn mir nur ausgedacht. Und einen Mann mit drei Nasenlöchern gibt's auch nicht. Das ist die einzige Geschichte, die du heute zu hören bekommst. In dieser Geschichte gibt es keinen Sonnenaufgang, keinen Reisepass, kein Nutellabrötchen, keinen Morgenkuss auf dem Balkon, keine Freunde, keinen Wodka Tonic, keinen Filmhelden und am Ende wird auch nicht alles gut. Im Gegenteil. Der Mann mit den drei Nasenlöchern ist plötzlich wieder da, stirbt aber sogleich, weil er vergessen hat, durch welches Nasenloch er einatmen muss.

Lange Rede usw.: Du musst dein Leben –, ach, weiß ich auch nicht.

WER BIN ICH SCHON?

Ich bin der unernste Freund von Francis Picabia. Ich sauge die Sünde auf wie Taschentücher die Tränen. Ich bin der Kannibalismus der Vegetarier. Ich bin das Rückgrat der Schwachsinnigen. Ich bin der Schatten Gottes im Mondschein. Ich färbe mir den Bart grün, um Grillen anzulocken, in ihm zu singen. Ich bin eine Unterhose für barfuß um die Sonne wandernde Elefanten. Ich bin immer am folgenden Tag lustiger. Das Lachen und die Küsse riechen nach mir. Ich bleibe auch weiterhin in meinem Versteck. Redet nicht über mich, sucht nicht nach mir.

HURRA

Als mir der Junge die Zunge rausgestreckt hat, und ich sage das, ohne mich großartig aufspielen zu wollen, habe ich sie ihm selbstverständlich aus seinem vorlauten Mund herausgeschnitten. Dass mein Schweizer Messer nicht mehr ganz scharf war, ja Herrgott nochmal, wie konnte ich denn wissen, dass die Qualität derart nachlässt, wenn ich vorher der Mutter des Jungen erst den Kopf und dann die Arme abtrenne. Was drängelt sie sich auch bei den Tomaten vor und summt dabei noch eine saublöde Melodie vor sich hin. Ich verlange von Ihnen ja nicht, dass Sie HURRA schreien, aber ich kann da wirklich keine Niedertracht erkennen.

JAMMERLAPPENEXISTENZ

Hör deinem Kind zu oder schaff es weg, mach in alles Doppelknoten und nimm einen Igel in Pflege!

MANN, DER RÜCKWÄRTS GING

Als ich am Morgen aus dem Haus kam, sah ich einen Mann, der rückwärts das Trottoir entlangging. Er sah in die Ferne, ging weiter rückwärts, ganz langsam, Schritt für Schritt, und als ich die Frau am anderen Ende der Straße sah, verstand ich auch, dass der Mann ihr nachsah. Jetzt hob er den Arm und winkte ihr zu, aber sie drehte sich nicht um und bog um eine Ecke. Da blieb er stehen, sein Arm sank mit seinem Kopf herab, und er wurde wieder zu einem, der vorwärts ging.

TRAURIGES MITTAGESSEN

Ich esse gebratenes Elefantenohr am Stück mit Straußen-
spiegeleiern und trinke ein Glas gekühlte Krokodilstränen.

Wen hätte Jesus denn sonst von den Toten erwecken sollen außer mir?! Sunny Jim etwa, diese untereingebildete Comicfigur, oder Tina, die sich die Schlagader geöffnet hat, Katrin, die von ihrem Mann erschlagen worden ist, Little Boney Napoleon, den Massenmörder, den Plumpskloaufseher, der zu neugierig war, die Schnickschnacklose, von der man nur den Kopf gefunden hat, den namenlosen chinesischen Wanderarbeiter, von dem es zweihundertachtundachtzig Millionen Identische gibt, Carl Gustav Jung, wobei, an dem gibt's eigentlich gar nichts auszusetzen, und an Jeanne d'Arc auch nicht. Und außerdem: Wofür hat man schließlich Freunde? Die Hilfe war doch längst überfällig. Hirntot, herztot, das Fleisch halb verfault und farblos, lag ich sechs Fuß tief in der feuchten Erde. Meine Seele hatte bereits Bekanntschaft mit einigen reizenden Lebewesen der Wagenradgalaxie gemacht, als mich plötzlich eine knöcherne Hand mit den Worten »Komm heraus« wieder zurück ins Leben zog. Und wie frisch ich war; nach Nizza wollte ich sofort, an den Strand und meine wiedererlangte Jugend den Badenixen zeigen. Ich bin vollkommen zu Recht der Auserwählte. Warum? Weil ich tobe und wüte. Gegen das Verstummen. Gegen die Dunkelheit. Ein besoffener Dylan Thomas im Angesicht einbrechender Nacht. Natürlich war es unmöglich, mich auferstehen zu lassen, aber es war notwendig, damit ich die Menschheit retten kann. Und was ich dafür nicht zurücklassen musste: ALLES. Vor allem mein Herz aus Gold. Oder war es aus Holz? Aber dann geschah etwas wirklich Seltsames: Ein kleines Mädchen sagte: »Ich möchte dir gerne mein neues Fahrrad zeigen. Es funkelt so schön blau.«

DREI GEBETE

Bete zu Satan, bete zu Gott und bete, dass dich keiner von beiden kriegt!

ES IST SO WEIT

Sein Gesicht ist jetzt ganz nah an dem des anderen im Spiegel. Da ist kein Atem, kein Geruch, keine Wärme. Wie eine schon lange Zeit abgelegte und vergessene Maske. Stille im Raum und auch in ihm. Plötzlich dringt, kaum wahrnehmbar, ein dumpfes Pochen aus der Wand und wird rhythmischer, bricht ab. Wieder Stille, unerträglich. Schau mich an, sagt er dem anderen in Gedanken, sprich mit mir, komm! Aber der andere schaut nicht, er spricht nicht, er kommt nicht. Augen, die ihn nicht ansehen. Ein Mund, der nicht zu ihm spricht. Ein Körper, der nicht seiner ist. Trotzdem taumeln jetzt beide im Gleichklang, und der andere fällt aus der Umrahmung des Spiegels heraus.

ERLEBNISARCHITEKTUR

Schlag nachts dein Zelt auf den Gleisen auf, beobachte das schnell näherkommende, göttliche Licht und atme ganz ruhig!

QUACKSALBER

Lindert eure Leiden. Behandelt eure Gebrechen. Heilt euren Wahnsinn. Rupft mich, legt mich eine Woche lang in Salz ein und backt mich in einem geschlossenen Topf acht Stunden lang im Ofen. Zermahlt mich und vermischt die Asche mit Schweinefett, so erhaltet ihr eine Heilsalbe von universeller Wirkung, die umgehend für Besserung und Glück sorgt.

WELTSCHREIBMEISTER

Im Gegensatz zu Richard Wagner kann ich ohne Instrument, Stift oder Zettel komponieren, also schreiben, nicht einmal meinen Kopf brauche ich dazu. Ich telefoniere ohne Telefon, wasche mich ohne Wasser, verdaue ohne Magen oder Darm und beim Schach mit Gott gebe ich ihm einen Bauern und einen Zug Vorsprung. Ich bin alle Narren, alle Farben, alle Welten zu allen Zeiten und all das, was niemals sein wird, zusammen. Mich und mein Schreiben genial zu nennen, ist also nichts weiter als eine Beleidigung.

ENDLICH

Und als mich der Allerletzte, von dem ich erzählen will, bittet, dass ich ihm eine Geschichte vorlesen möge, und ich ihm den Gefallen tun will, finde ich in meinem eigenen Buch nur leere Seiten, feinstes Weiß, besser: reinster Champagnerton. Ich ziehe ein anderes Buch von mir aus dem Regal, nichts als leere Seiten. Noch eins, nichts, bloß leere Seiten. Endlich.

ÜBER ALLEN PIPIMÄUSEN

Über allen Pipimäusen ist Ruh', von allen Pipimäusen spürest du kaum einen Hauch; die Pipimäuse schweigen im Walde. Warte nur, balde ruhet deine Pipimaus auch.

DANKE

Dieses Mal wirklich euch allen!

Tobias Premper, geboren 1974 in Celle, legte nach seinen Aufzeichnungen in *Das ist eigentlich alles* (2012) und dem Kurzgeschichtenband *Durch Bäume hindurch* (2013) mit *Erst einmal für immer* (2015) seinen ersten Roman vor. Seine Bücher erscheinen bei Steidl, so auch 2016 der Miniaturenband *Mississippi Orangeneis Blues.*

INHALT

Erste Auflage 2018

© 2018 für diese Ausgabe: Steidl Verlag, Göttingen
Alle Rechte vorbehalten
Buchgestaltung: Victor Balko
Umschlaggestaltung: André Keller und Tobias Premper
Gesetzt aus der Minion und der Helvetica
Gedruckt auf Schleipen Fly spezialweiß 130 g

Gesamtherstellung und Druck: Steidl, Göttingen
Steidl
Düstere Str. 4 / 37073 Göttingen
Tel. +49 551 49 60 60 / Fax +49 551 49 60 649
mail@steidl.de
steidl.de

ISBN 978-3-95829-429-5
Printed in Germany by Steidl

Erste Auflage 2018

© 2018 für diese Ausgabe: Steidl Verlag, Göttingen
Alle Rechte vorbehalten
Buchgestaltung: Victor Balko
Umschlaggestaltung: André Keller und Tobias Premper
Gesetzt aus der Minion und der Helvetica
Gedruckt auf Schleipen Fly spezialweiß 130 g

Gesamtherstellung und Druck: Steidl, Göttingen
Steidl
Düstere Str. 4 / 37073 Göttingen
Tel. +49 551 49 60 60 / Fax +49 551 49 60 649
mail@steidl.de
steidl.de

ISBN 978-3-95829-429-5
Printed in Germany by Steidl